KB067301

기적을 노래하는 바퀴 달린 성악가 이남현

?

어린 이남현

?

사 고 전

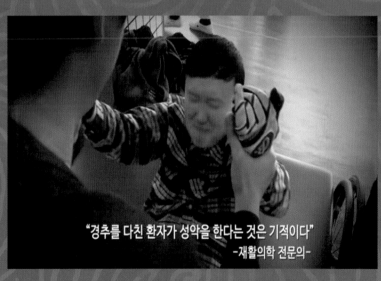

"경추를 다친 환자가 성악을 한다는 것은 기적이다"
-재활의학 전문의-

사 고 후_재활치료

경희대학교 대학원 박사학위 수여식에서

<희망다리 콘서트> 공연

바리톤 김동규 선생님과 함께

지휘자 금난새 선생님과 함께

금난새 지휘 오케스트라 협연

KBS교향악단 협연

누구 시리즈 ㉕

기적을 노래하는 바퀴 달린 성악가 이남현 - **누구 시리즈 25**
이남현 지음

초판1쇄 발행 2023년 11월 1일

지은이 이남현
펴낸이 방귀희
펴낸곳 도서출판 솟대
등 록 1991년 4월 29일
주 소 서울시 금천구 서부샛길 606, 대성지식산업센터 B동 2506-2호
전 화 02)861-8848
팩 스 02)861-8849
홈주소 www.emiji.net
이메일 klah1990@daum.net

값 12,000원

ISBN 978-89-85863-95-7 03810

주최 사)한국장애예술인협회

후원 문화체육관광부   한국장애인문화예술원
Korea Disability Arts & Culture Center

25
누구 시리즈

기적을 노래하는
바퀴 달린 성악가 이남현

이남현 지음

성공이 아닌 성장을 향하여 더 멀리, 더 넓게

도서출판
솟대

성공이 아닌 성장을 향하여

나는 현재 세 번째 삶을 살고 있다. 첫 번째는 엄마 뱃속에서 태어났을 때, 두 번째는 죽음의 위기에서 살아났을 때, 그리고 세 번째는 바퀴 달린 성악가로 다시 태어났을 때. 이렇게 세 번을 다시 태어난 나는 기적을 노래하는 지금 바퀴 달린 성악가로 세 번째 삶을 사는 중이다.

엄마 뱃속에서 나온 첫 번째 삶은 무럭무럭 몸이 성장하는 '외적인 성장'의 시기였다. 그리고 죽음에서 살아난 두 번째 삶은 사고로 망가진 몸과 마음이 회복하는 '내적인 성장'의 시기였다. 어릴 때만큼 쑥쑥 크는 성장은 아니지만 조금씩 상처를 치유해 가며 몸과 마음을 다지는 더딘 성장의 시기였다. 이제 세 번째 삶이 나에게 주는 성장은 '영혼의 성장'이다.

물론 '바퀴 달린 성악가'로서 많은 곳에서 호명되고 다양한 무대에서 박수갈채를 받으며 꿈인지 생시인지 믿기 어려울 만큼 놀라운 무대에 서는 뜨거운 성공도 경험했다. 그러나 나는 단지 '성공'하기 위해서 지금껏 달려오지 않았다.

성공하기 위해서 달려왔다면 지금까지 내가 이룬 그 어느 것도 충분하지 않았을지 모른다. 더 큰 무대에서 더 화제가 되고 더 유명한 사람들과 더 많은 무대를 갈구하며 '더 더 더' 목마른 삶을 살았을지도 모르겠다.

단 한 곡이라도 노래 한 소절을 다 부를 수 있는 것에 대한 감사와 감격, 내 노래가 통할 수 있는 마음이 가난한 사람들과의 소통과 공감, 내 능력만으론 아무것도 이룰 수 없음을 고백하고 나를 내려놓는 비움과 겸손, 내가 받는 사랑에 대한 세심한 존중과 감사, 스스로 아끼고 사랑할 줄 아는 자존감, 실패에 쉽게 낙심하지 않는 자신감… 이 모든 것들이 내 영혼을 성장하게 했다. 내 장애가 아니었더라면 결코 알지 못했을 것이다. 또 노래에 대한 간절한 갈망이 없었더라면 나는 고작 '성공'에 일희일비(一喜一悲) 울고 웃는 영혼의 철부지가 되었을 것이다.

　　내 영혼 깊숙한 곳에서 흘러나오는 내가 가진 고유한 소리의 노래로 사람들의 영혼을 울리는 여운이 남는 노래를 하고 싶다. 현재의 내 몸 상태로는 목소리의 기교만으로는, 울림통의 크기만으로는 누군가를 감동시킬 실력도 자신도 없다. 그러나 노래는 목소리로만 부르는 것이 아니라는 것을 이제는 안다. 나의 진심을 담아 다른 이의 가슴에 와닿게 하는 노래, 그런 노래가 진짜 노래가 아닐까.

　　성공의 기쁨은 시간이 갈수록 무뎌지지만 성장의 기쁨은 매 순간 이어질 것이다. 성장하는 나는 한두 번 달콤하고 그만일 성공의 기쁨으로 만족할 수가 없다. 아니 그러고 싶지 않다. 바퀴 달린 성악가로 사는 내 세 번째 삶은 매 순간 성장의 기쁨으로 충만하기를 바란다. 영혼을 꿰뚫는 노래, 영혼과 영혼이 깊이 만나는 노래, 내 목소리로 부르는 노래가 그런 노래 되기를 나는 오늘도 나를 노래하게 하는 이에게 기도한다.

2023년 무더위 어느 날
성악가 이남현

차례

어느 멋진 날

...

'눈을 뜨기 힘든 가을보다 높은
저 하늘이 기분 좋아…'

꽃향기 가득한 식장 안에 내 바리톤 음성이 잔잔하게 울려 퍼졌다. 그 어느 때보다 내 목소리에 정성을 실었다.

새하얀 드레스를 입고 수줍은 미소를 짓는 신부와 신부를 사랑스럽게 바라보는 신랑의 모습이 축가를 부르는 내 눈에도 행복해 보인다.

사랑스러운 눈으로 아름다운 신부와 신랑을 바라보며 노랫말에 담긴 가사가 전해지도록 한 음 한 음마다 꾹꾹 눌러 마음을 담는다.

한 쌍의 부부가 아닌 여러 쌍이나 되는 신랑 신부의 모습과 콘서트 관객처럼 많은 하객은 여느 예식장에서 볼 수 있는 젊은 신랑 신부의 모습이 아니다. 갓 결혼하는 부부답지 않게 모두 나이가 지긋해 보이는 데다 어딘가 몸짓이 자연스럽지 않다.

그렇다. 여기는 장애인 부부들의 합동 결혼식장이다. 그동안 형편이 어려워서 결혼식을 미루어 오다가 우여곡절 끝에 드디어 합동결혼식을 올리게 된 것이다. 그러니 서로를 바라보는 그 마음이 얼마나 애틋할까.

'네가 있는 세상 살아가는 동안 더 좋은 것은 없을 거야
시월의 어느 멋진 날에'

내 축가가 끝나자 커다란 박수가 터져 나왔다.

휠체어를 탄 신부의 눈에서는 감동인지 회한인지 모를 눈물이 하염없이 흘러내렸고, 여기저기에서 훌쩍거리는 소리가 들려왔다.

축가를 부른 내게도 주체할 수 없는 감동이 밀려들었다. 진심으로 저들의 앞날에 축복이 가득하기를 온 맘으로 기도하며 무대를 내려왔다.

수많은 무대에서 노래를 하지만 나는 이런 순간이 가장 감격스럽고 감사하다.

카네기홀 같은 명성 높은 무대에도 서 보고 유엔본부 같은 뜻깊은 자리에도 서 보고 이름만으로도 감동적인 명사들과도 함께 무대에 서 봤지만 이런 자리만큼 내가 '살아 있다'는 감격을 온 가슴으

로 느끼게 되는 무대도 드물다.

　다른 무대들은 내가 빛날 수 있는 무대이지만 이런 무대는 내가 누군가를 밝힐 수 있는 무대이기 때문이다. 나의 노래가 더 아름다워지는 자리이기 때문이다.

　나에게 어느 멋진 날은 그런 날이다. 나의 노래로 누군가의 삶을 밝혀 줄 수 있는 날, 누군가에게 힘이 되고 꿈이 되는 노래를 선물할 수 있는 날!

　그러나 이런 멋진 날을 만나기 위하여 어느 날 나의 생이 곤두박질치는 절망을 경험해야만 했다. 그날도 역시 어느 멋진 날이었다.

기적 1800

...

이제 군대를 막 제대한 2004년의 여름. 그 여름은 무사히 군 복무를 마친 후련함과 뿌듯함, 그리고 새로운 앞날에 대한 기대로 한껏 부푼 날들을 보내고 있었다. 그야말로 '듣기만 하여도 가슴이 뛰는' 청춘의 나날이었다.

그 여름만큼은 군 생활을 잘 마치고 돌아온 내게 상이라도 주듯 자유롭고 '알차게' 보내고 싶었다. '몸짱'의 열기가 한창이던 무렵이라 원래도 워낙 운동을 좋아했던 나는 친구들과 운동으로 대부분의 날을 보냈다. 실내 수영장이나 헬스장, 그리고 계곡을 찾아다니며 물놀이를 했고 가끔은 산 정상에 오르면서 성취감을 느끼기도 했다.

그날도 친구들과 수영장에 갔다. 늘 다니던 수영장에서 친구들과 한창 수영장 레인을 드나들며 자유롭게 수영을 즐기고 있었다.

그런데 입수할 때 내 몸이 한쪽으로 쏠렸는지 물속에 몸을 던지

사고 전

어린 이남현

는 순간 수영장 벽에 살짝 머리를 부딪쳤다. 아니, '살짝 부딪쳤다' 고 생각했다. 정말 누군가 내 머리에 장난하듯이 '콩!' 하고 꿀밤을 때리는 정도의 느낌이었다. 그러나 내 느낌과는 달리 현실은 그만 목뼈가 으스러지며 부러지는 상당한 충격이었던 것이다.

목뼈가 부러질 정도로 큰 충격이라면 기절을 해야 마땅할 텐데 나는 이상하게도 정신을 잃지 않았다. 신기하게도 물속에서는 전혀 통증이 느껴지지도 않았다. 부딪치는 순간 손도 발도 아무것도 움직일 수 없는 무력감과 무중력 상태의 고요한 적막이 내 온몸을 휘감았다.

'누구를 불러야 할까? 도와달라고 소리쳐야 하는데!'

다급한 마음에 아무리 허우적거려 보려고 애를 써도 내 눈앞엔 아무것도 보이지 않았다. 그저 머리로만 떠올리는 생각일 뿐 손가락 하나도 움직여지지 않았다. 허우적거릴 수만 있어도 누군가의 도움을 요청해 볼 수 있을 텐데 정말 아무것도 할 수 없는 채로 헝겊 인형처럼 물속에 널브러져 있어야만 했다.

'친구들은 왜 날 데리러 오지 않지?'
'왜 날 아무도 발견하지 않지?'

아마도 친구들은 수영을 잘하는 내가 물속에서 잠수를 즐기고

있는 줄 알고 있을 터였다. 물속에 엎드러진 채 누군가가 나를 데리러 와 주기를 마냥 기다리는 수밖에는 아무것도 할 수 있는 것이 없었다.

'이대로 죽는 건가?'

그 순간, 마치 영화처럼 지난 시간들이 스쳐 지나갔다. 어쩌면 생의 마지막이 될지도 모르는 바로 그 순간, 혼자서 죽음을 맞닥뜨린 그 순간은 이상하게도 두려움조차 느껴지지 않았다.

얼마나 시간이 흘렀을까. 물속에 널브러져 있는 나를 발견한 사람들의 요란한 물소리가 들리더니 곧 몇몇 사람들이 물살을 헤치고 나를 향해 다가오는 소리가 들렸다. 드디어! 그들에 의해 극적으로 건져졌다.

"아니, 30분이나 물속에 있었는데 의식이 있었다고요?"

내가 30분 동안이나 물속에 있었다고 하니까 의사는 믿을 수 없다는 듯이 재차 물었다.

그렇다. 무려 30분이었다. 내가 물속에 갇혀 있던 시간이. 물속에서 5분 정도가 지나면 뇌에 산소가 공급되지 않아 대부분은 뇌사 상태에 이르거나 사망한다고 한다. 그러나 나는 30분이나 되는 긴 시간을 버텼다. 심지어 정신조차 잃지 않은 채 온전한 정신으로 마치 물고기가 숨을 쉬듯 기적처럼 숨을 쉬면서.

기적의 1,800! 내가 물속에서 보낸 30분을 초로 환산하면 1,800초가 된다. 그 1,800초 동안을 내가 어떻게 버텨 냈는지 나는 알지 못한다. 182센티미터의 키와 몸무게 100킬로그램이 넘는 내 커다란 몸집 어딘가에 깊이 저장돼 있던 산소가 죽음의 순간에 초인처럼 힘을 발휘했던 걸까? 아니면 보이지 않는 아가미라도 내 몸에 숨어 있었던 걸까? 그 모든 것도 아니면 보이지 않는 신의 손길이었을까? 그 어떤 이유를 가져다 상상해 봐도 그것은 '기적'이라는 말로밖에는 설명할 길이 없다.

나를 살린 시간 기적의 1,800초. 에스프레소 같은 고농축의 그 시간이 내 청춘의 어느 멋진 날을 끝내는 강렬한 마침표를 찍었다. 이제부터 내 인생의 에스프레소 같은 쓰디쓴 나날이 시작될 터였다.

고통의 바다에 빠지다

...

물속에서는 통증을 느끼지 못했는데 물 밖으로 나오니 엄청난 통증이 엄습해 왔다. 비록 물속에선 나왔지만 고통의 바다에 빠진 느낌이었다. 고통스럽게 구급차에 실려 병원으로 옮겨진 후 대수술이 진행되었다. 깨진 목뼈의 미세한 뼛조각을 하나하나 제거하고 골반의 두꺼운 뼈를 떼어 내서 목에 이식한 후 철판과 나사로 고정하는 긴 시간의 대수술이었다.

"우리 아들 잘 참았다. 잘했어!"

대수술을 마치고 살아 돌아와 준 아들의 손을 부모님이 가만히 잡아 주셨다. 아마 한없이 따뜻한 손이었을 것이다. 그러나 나는 부모님 손의 온기를 느낄 수 없었다. 아무런 감각도, 아무런 느낌도 전해지지 않았다.

'이제 손으로 아무것도 할 수 없게 된 것인가?'

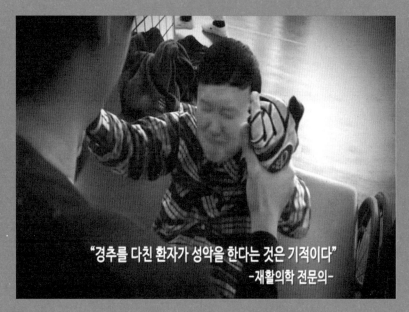

"경추를 다친 환자가 성악을 한다는 것은 기적이다"
-재활의학 전문의-

사고 후_재활치료

순간 불안이 엄습했지만 곧 회복할 수 있을 거라는 희망을 놓지 않으려 애썼다. 이렇게 대수술로 나를 살렸으니 분명 고칠 수도 있을 거라고 믿었다. 우리나라가 IT강국이고 의료적으로도 선진국 수준의 의료기술을 갖춘 나라인데 이 정도의 부상을 못 고칠 리가 없다고 생각했다. 그렇게 애써 품은 희망으로 스스로를 다독이며 중환자실에서 외로운 시간을 버텼다.

중환자실에서의 시간은 얼마나 더디게 흐르는지. 아니, 마치 정지된 시간 같았다. 언제나 불을 환하게 밝히고 있어서 시간의 흐름을 구분할 수조차 없었다. 밥이라도 먹으면 시간을 대충 짐작할 수 있을 텐데 주사만 맞고 있어서 지금이 밤인지 낮인지도 알 수 없었다. 오직 하루 두 번 부모님과의 면회 시간만이 시간이 흘러가고 있다는 사실을 짐작케 해 줄 뿐이었다.

온종일 병원 천장의 네모난 격자무늬만 바라보다가 부모님과 두 번의 면회가 끝나고 나면 하루가 지나가는 것이었다. 하루 두 번 나를 보러 오실 때마다 빠르게 회복하는 모습을 보여 드려야 부모님의 걱정을 조금이나마 덜어 드릴 수 있을 텐데 시간은 너무 더뎠고 내 회복은 기대하고 상상했던 것보다 훨씬 더 느렸다.

병원에서의 하루하루는 날마다 새로운 고통의 연속이었다. 중환자실에서 일반 병실로 옮겨진 후 가장 기뻤던 것은 입안에 삽입돼 있던 관을 제거할 수 있게 된 것이었는데 그 기쁨도 잠시, 입안의 관을 제거하고 나면 나는 바로 목소리가 나오고 말을 할 수 있게 될 줄 알았는데 아무리 말을 하려 해도 목소리가 나오지 않아서 너무 당황했다.

"말이 안 나와서 답답하지요? 며칠 지나면 말을 할 수 있을 테니까 걱정하지 마세요."

의사는 그렇게 말했지만 목소리는커녕 침을 삼킬 수도 없는 통증까지 더해지니 나는 더 불안해졌다. 게다가 내가 원하는 회복이 이루어지지 않으니 이젠 의사의 말도 믿을 수 없는 지경이 돼 버려서 마음은 더 힘들기만 했다.

그뿐인가. 그동안 한번도 경험해 보지 못한 통증이 어느 날 갑자기 시작됐는데 의사는 그것을 환상지통이라고 했다.

환상지통(幻像支通)이란 사고로 이미 절단된 팔다리가 아직 몸에 붙어 있는 것처럼 여겨지면서 그곳에 통증을 느끼는 것이다. 즉 상실된 부위의 통증이 매우 심한 상태를 말한다.

그런데 나는 전신마비가 되었을 뿐 신체 일부가 절단된 것이 아니었음에도 불구하고 왜 내가 환상지통을 느껴야 하는지 알 수 없는 노릇이었다. 환상이 아니라 '환장', 그야말로 환장할 만큼 아픈 환상지통이 나를 괴롭혔다.

'얌전히 수영이나 할 것이지, 왜 바보같이 물에 뛰어들어서 이런 일을 당했을까?'

통증에 지쳐 갈수록 낙심은 꼬리에 꼬리를 무는 원망을 가져왔다. 매일 통증과 싸우는 것도 힘든데 정신적인 스트레스까지 더하니 일 분 일 초가 전쟁터 같았다. 마치 지옥이라면 이런 느낌일까. 나을 수 있을 거란 희망과 지옥보다 힘든 절망 사이를 수시로 오가는 희망 고문에 나는 서서히 지쳐 갔다.

힘들어하는 나를 지켜보면서 내게 더 이상 정확한 상태를 감추기가 어렵다고 여기신 부모님이 담당 의사에게 부탁하여 나의 상태를 설명해 주도록 하셨다. 의사는 여러 가지 말로 나를 위로하면서 상태를 이야기해 주었지만 내 귀에 들어온 말은 딱 세 문장뿐이었다.

"사고 전으로 회복이 불가능해요."
"지금 이 상태로 지낼 수 있는 것도 그나마 다행입니다."
"평생 이렇게 살아야 합니다."

불길한 예감은 왜 늘 빗나가질 않는지 속으로 예상했던 일이지만 직접 들으니 몸속의 모든 장기들이 바닥으로 떨어지는 느낌이었다. 가슴은 구멍이 크게 뚫려 휑한 느낌이었고 머릿속에는 빈 깡통이 가득 들어 있는 것 같았다. 어쩌면 가장 고통스러운 것은 목소리가 나오지 않는 통증도, 환장할 환상지통도 아닌 더 이상 희망이 없는 현실을 인정하는 것인지도 모른다. 나는 차라리 그 고통의 바다에서 그대로 깨지 않고 잠들고 싶었다.

나를 숨 쉬게 한 사람들

...

병원 생활에 지쳐 갈수록 나는 점점 말수가 줄어들었고 웃음도 사라져 갔다. 그러나 그런 힘든 날들에도 숨통이 트이는 순간이 있었다. 바로 좋은 사람들이 나를 찾아와 줄 때이다. 일반 병실로 옮겼다는 소식을 들은 사람들이 하나둘씩 병문안을 온 것이다.

솔직히 병문안을 온 사람들을 보고 깜짝 놀랐다. 친척들과 친구들을 비롯하여 선생님, 선후배, 친구, 교회 성도들 등 정말 생각지도 못한 많은 사람들이 나를 찾아온 것이다. 심지어 아주 먼 곳에서도 내 소식을 듣고 찾아와 준 사람들이 있었다. 그중에도 늘 유쾌하게 찾아와 내가 아프다는 것을 잠시나마 잊을 수 있게 해 준 후배들의 방문은 지금 생각해도 너무나 고맙다.

"형! 나 오늘 잘 데가 없어요. 여기서 자고 갈 겁니다. 그래도 되지요?"
"이것들 봐라, 여기가 무슨 호텔인 줄 아나?"

"경추를 다친 환자가 성악을 한다는 것은 기적이다"

한 후배가 한 밀을 다른 후배가 받아지며 하는 대화에 처음엔 농담인 줄 알고 같이 웃어넘겼다. 그런데 자고 가겠다던 그 후배가 정말 다음 날 가방을 챙겨 가지고 병실로 왔다.

"야, 말만 들어도 고맙다! 나 어머니도 곁에 계시고 괜찮으니까 안 와도 돼."

내가 그렇게 얘기하는데도 후배 녀석은 싸 들고 온 가방을 풀고 편안한 옷을 갈아입은 다음 밤새 병실에서 내 곁에 있어 주다가 아침이 되어 돌아갔다.

그러더니 후배들은 자기들끼리 순번을 정했는지 돌아가면서 밤마다 나를 찾아와 주었다. 내가 환상지통을 앓을 때도 기분이 가라앉아 있을 때도 약에 취해 있을 때도 내 곁을 지키다가 나와 함께 병실에서 잠을 잔 뒤 아침 일찍 학교나 직장으로 돌아가곤 했다.

나는 무척 고마우면서도 미안했다. 하루 이틀 지나면 그만둘 거라고 생각했는데 그들과의 동침(?)은 한참 동안이나 계속되었다. 그런 후배들을 비롯해 나를 지탱해 준 선생님, 선후배, 친구, 교회 성도들 등 따뜻한 사람들 덕분에 고통의 바닷속을 헤매면서도 나는 가끔씩이라도 숨을 쉴 수 있었다. 내가 그런 고통을 겪지 않았다면 내 곁에 그토록 눈물겹게 고마운 존재들이 있다는 사실을 알 수 있었을까. 진심으로 나를 품어 주는 사람들, 내가 고통을 지불하고 얻은 최고의 선물이었다.

가능성은 0%

...

　맨날 병원 천장만 보고 누워 있다가 차츰 회복을 하니 침대 시트의 기울기가 점점 달라져 갔다. 평평한 침대에 똑바로 누워 있다가 점점 침대 시트를 일으켜 세워 앉는 자세를 완성해 간 것이다. 그러다 보니 내 시야도 늘 보던 네모난 천장이 아니라 점점 벽 쪽으로 시선이 내려오다가 드디어 맞은편 사람이 보이기 시작했다. 내 눈에 들어오는 맞은편 사람들의 표정도 나처럼 고통스럽기는 마찬가지였다.

　그런데 늘상 고통으로 일그러져 있던 그들의 표정이 가끔 환해질 때가 있었다. 바로 음악을 들을 때였다. 통증으로 찌푸리고 있다가도 음악을 들을 때는 얼굴이 활짝 펴지는 모습이 새삼스럽게 눈에 들어왔다.

　'음악이 참 좋은 거구나!'

음악이 그렇게 아픈 사람들의 표정을 밝혀 줄 만큼 좋은 치료제가 될 수 있다는 생각을 미처 해 보지 못했다. 그런데 병원에 누워 있어 보니 내가 모르던 음악의 새로운 이면이 보이기 시작했다.

휠체어에 앉을 수 있게 되자 휠체어를 타고 치료실을 드나들 수 있게 되었다. 어느 날 치료실을 가다가 우연히 어린이 병실을 지나가게 되었다. 한 아이가 병실 창문 밖을 내다보다가 나와 눈이 마주쳤다. 아이는 창문 아래로 사라지는가 싶더니 잠시 후 병실 문을 열고 고개를 내밀며 "형아, 들어와." 라고 말했다.

어머니가 밀어 주는 휠체어에 의지해 홀리듯 아이를 따라 그 병실로 들어갔다. 병실 안에서는 흥겨운 음악에 맞춰 아이들이 신나게 움직이고 있었다. 내가 알아들을 수 없는 말을 주고받으면서 함께 웃고 서로를 감싸 주기도 하면서 해맑은 표정으로 음악을 즐기고 있는 아이들의 모습을 보니 나도 모르게 웃음이 나왔다.

그때였다. 갑자기 한 아이가 내게 다가오더니 내 손을 꼭 잡아 주었다. '아!' 전신마비가 되어 움직일 수 없는 내 손에도 너무나 보드랍고 따스한 느낌이 전해져 왔다.

'아이들의 눈에는 내가 환자가 아니라 그저 형이나 오빠로 보이는구나.'

아이들이 내게 보여 주는 그 친밀감에 마음이 따뜻해졌고 내 손을 잡아 준 아이의 얼굴이 마치 천사의 얼굴처럼 보였다. 그 순간 내 마

음 속에 키다란 울림이 느껴졌다.

'다시 노래를 해야겠어!'

음악이 그렇게 누군가의 치료제가 돼 주고 누군가를 이렇게 행복하게 만들어 줄 수 있는 것이라면 나도 사람들을 행복하게 해 주는 음악을 하고 싶어졌다. 나처럼 어려운 상황을 만난 사람들이 좌절하여 삶을 포기하지 않도록, 그들에게 용기와 도전을 주는 그런 음악을 해야겠다는 강렬한 바람이 마음속에 일었다.

'그렇다면 내가 어떻게 하면 음악을 할 수 있지?'

구체적으로 고민을 해 봐도 특별한 해답이 나오지 않았다. 다치기 전에 어릴 때부터 여러 가지 악기들을 배우고 연주할 수 있었지만 온몸을 내 맘대로 움직일 수 없는 상황에선 피아노도 바이올린도 그 어떤 악기도 불가능한 일이었다.

그렇다면 대체 무엇으로 음악을 해 볼 수 있을까 고민하던 어느 날 문득 거울을 보니 그 안에 휠체어를 탄 내 모습이 있었다. 손도 발도 다리도 그 어느 것도 스스로 움직일 수 없는데 딱 하나, 눈코입만은 내 맘대로 움직일 수 있다는 것을 새삼 발견했다.

"그래! 눈코입은 내 맘대로 할 수 있잖아! 그럼 눈코입 중에 할 수 있는 음악은 뭐가 있더라?"

고민하니 바로 답이 나왔다. 내가 스스로 움직일 수 있는 내 목소리를 가지고 음악을 할 수 있겠구나. 그러니 노래를 해야겠다!

학창 시절 음악에 관심을 가지고 그저 노래를 잘 부르고 싶다는 단순한 이유로 성악을 시작하게 되었다. 어느 날 거리에서 우연히 들었던 어느 테너의 음성에서 처음 전율을 느낀 이후로 나도 꼭 그렇게 노래하고 싶다는 일념으로 시작한 성악이었다.

그러나 온몸을 움직일 수 없는 처지가 되고 보니 꼭 잘하는 노래가 아니라도 좋으니 '다시 노래할 수만 있다면' 더는 바랄 것이 없을 것 같았다.

"현재 몸 상태로 노래를 부른다는 것은 불가능합니다. 노래를 하기 위해서는 폐활량이 좋아야 하는데 현재 20~30%밖에 남아 있지 않은 폐활량으로는 불가능하구요. 무엇보다 성악을 하려면 복식호흡을 해야 하는데 현재 상태로는 그것도 할 수 없습니다. 기적이 일어나 몸이 좋아지면 모를까 현재로서는 불가능합니다."

노래를 해야겠다고 마음먹긴 했지만 그것은 나 혼자 할 수 있는 일이 아니었다. 주변 사람들의 도움이 절대적으로 필요한 일이었다. 나의 결심을 주변 사람들에게 알리기로 마음먹고 먼저 담당 의사와의 면담 시간에 내 결심을 얘기했더니 이런 대답이 돌아왔다.

게다가 노래를 해 보려고 한번 시도해 봤더니 정말 상상하지도 못한 목소리가 튀어나와서 당황스러웠다. 내가 생각하는 목소리와 실제 목소리가 전혀 다르게 나와서 의사의 진단을 더욱 확실하게 뒷받침해 주는 꼴이 되고 말았다. 사고 후 처음으로 무언가를 해 보고 싶다는 바람을 겨우 가지게 되었는데 처음부터 이렇게 부정적인 반응이라니 큰 좌절감이 들었다.

"사람이 아무리 노력을 해도 안 되는 일이 있는 거야."
"무슨 말도 안 되는 소리를 하고 있어? 다른 걸 찾아봐."
"전신마비장애인이 성악을 한다고? 안 될 거야."

다른 사람들의 입에서 나오는 단어들 역시 오로지 불가능, 불가능, 불가능뿐이었다. 어차피 어느 정도 예상은 했지만 다들 나 같은 장애로는 노래를 못한다고 시작하기도 전에 단정을 지어 버리니 오기가 생겼다.

나처럼 장애를 가지고 살아가는 사람들 중에도 나처럼 노래를 하고 싶은 장애인들이 분명 있을 텐데 길이 전혀 없다니 말도 안 되는 일이었다. 나 같은 사람이 과거에도 있었을 것이고 지금도 있는데 단지 내가 아직 만나지 못했을 뿐이고, 또 앞으로도 나 같은 사람이 계속 있을 거라면 누군가는 길을 내고 길잡이를 해야 하지 않을까? 그럼 내가 해 봐야겠다는 사명감이 용솟음쳐 올랐다.

"그래, 아무도 안 가고, 아무도 안 하고, 아무도 못하는 일을 내가 꼭 해내겠어!"

훗날 나 같은 사람을 가르쳐 줄 수 있는 사람이 되려면 일단 자격을 갖춰야겠다고 생각했다. 그래서 내 꿈을 향한 첫걸음으로 학교로 돌아가기로 마음을 먹었다.

모두가 불가능을 말할 때, 지지해 주는 부모님의 응원을 받아 미약하게나마 시작할 수 있었다.

"네가 그토록 하고 싶은 일이라고 하니 네 뜻을 존중해 주기로 했어. 나도 최선을 다해 도와줄게. 다만 무리해서 몸이 상할까 봐 그 부분이 걱정이 되는구나. 만약 몸 상태가 지금보다 나빠진다면 곧바로 그만두고 치료에 전념해야 한다."

모든 사람들이 내가 노래하는 것은 불가능하다고 반대했지만 부모님만은 달랐다. 내 꿈이 불가능해서가 아니라 내가 무리해서 몸을 더 상하게 될까 봐 한동안 주저하셨지만 결국 몸 상태가 악화되지 않는 선에서 조건부 허락을 해 주셨다.

그렇게 나는 내가 가진 첫 꿈을 위해 학교로 향했다. 가능성 0%의 꿈. 그러니 더 떨어질 곳도, 잃을 것도 없는 가능성 0%의 도전이었다.

단 한 절만 부르자!

...

　학교에서의 학업이 시작되고 첫 실기수업을 들으러 가던 순간은 너무나 긴장이 됐다. 사실 사람들이 하도 나더러 노래하는 것이 불가능하다고 하길래 복학하기 얼마 전 노래방에 간 적이 있다. 내 상태가 어느 정도인지 정확하게 알고 싶었기 때문이다.

　사고 후 노래를 부른 적이 단 한 번도 없었기 때문에 살짝 긴장한 채로 마이크 앞에서 노래를 불러 보았는데 결과는 너무 참담했다. 과연 이 목소리가 정말 내 목소리가 맞나 싶을 정도로 끔찍한 목소리가 스피커를 통해 흘러나오는 것이 아닌가. 이건 음치 정도가 아니라 아예 음정이 없는 괴성에 가까웠다. 차마 더는 들을 수 없어서 곧바로 노래방을 나와 버렸다. 그런 목소리를 가지고 학교에 왔으니 있지도 않은 자신감은 더더욱 바닥으로 곤두박질치고 긴장감에 한숨만 흘러나왔다.

　첫 수업을 위해 들어간 연구실에는 김철웅 교수님이 나를 기다리고 계셨다. 잔뜩 긴장해 들어간 나를 교수님은 따뜻하게 맞아 주시고 내 긴장을 풀어 주시기 위해 이런저런 것들을 물어봐 주셨다.

내가 '장애인 제자 1호'라시며 내 정확한 몸 상태를 물으시는 교수님에게 나는 비교적 자세하게 내 장애에 대해 말씀드렸다. 폐활량도 정상적인 사람들의 20~30퍼센트 수준이며 허리와 복근은 전혀 움직일 수 없는, 노래하는 데 불리한 내 상태를 솔직하게 설명하면서 나는 교수님이 '이렇게 심각한 상황에서 노래하기 어렵겠다.'고 하실까 봐 내심 걱정을 했다.

"아마 마음대로 움직일 수는 없겠지만 머릿속으로 이미지 트레이닝을 하면서 연습을 반복하면 복근을 조금씩 움직일 수 있게 되지 않을까. 물론 힘들겠지만 너의 의지가 가장 중요해. 일단 기초부터 시작하자. 혹시 중간에 많이 힘들면 언제든 바로 말해 줘. 그럼 발성부터 시작해 보자."

교수님의 대답은 내가 지금까지 들어 본 이야기 중에 가장 긍정적인 말이었다. 나는 기대감을 가지고 첫 수업을 시작할 수 있었다.

그러나 기대는 오래지 않아 무참히 깨졌다. 교수님의 시연을 따라 목소리를 내는 순간, 나조차도 당황스러운 목소리가 나온 것이었다. 머리로 이해하고 내는 소리가 귀로 돌아오는 데는 그리 긴 시간이 필요하지 않았고 그만 3초 만에 입을 다물어 버릴 수밖에 없었다.

너무나 적나라하게 드러나는 실력 앞에서, 내가 괜한 오기를 부린 것은 아닌지 부끄러운 마음마저 들었다.

  "괜찮아, 천천히 편안하게 다시 해 보자."

  교수님은 나를 북돋우셨지만 나는 다시는 입을 열 용기가 나지
않을 것만 같았다.
  그 뒤로 첫 수업의 트라우마는 나를 한참 동안 괴롭혔다. 연습 날
짜가 다가오면 마음이 불안했고 불면에 시달렸으며 연습 당일에 몸
이 아프기도 했다. 음치보다 더 심한 나의 실력이 부끄러웠고 또한
한 시간 내내 이상한 소리를 들어야 하는 선생님께 그리고 도와주
는 반주자에게 너무도 죄송했다.

  "그래, 노래 한 절만 하자!"

  그럼에도 불구하고 노래 한 절을 부를 수 있게 되는 날을 위하여
최선을 다해 연습에 매달렸다. 밥 먹고 잠자는 시간을 제외하곤 오
로지 연습, 연습의 날들이었다.
  그런데 노래 한 절 부르기는 나에게는 그리 만만한 일이 아니었
다. 처음에 시작할 땐 한 3, 4개월이면 될 것 같았다. 아니, 그 정도
면 될 줄 알았다. 그런데 반년이 지나고 1년이 지나도 늘 제자리걸음
이었다. 아무리 연습을 해도 내가 내는 발성의 '아아아아아아아'는
음정이 있는 '도레미파솔라시도'가 아니라 음정이 없는 '미미미미미미

미', 또는 '솔솔솔솔솔솔솔'의 어디쯤을 헤매고 있었다.

노래가 너무 하고 싶어서 입으로는 좋아하는 노래들도 불러 보고 애국가도 불러 보고 찬송가도 불러 보고 다양한 노래를 불러 봤지만 그저 생각에 그칠 뿐 실제로 내 입에서 나오는 소리는 노래가 아니라 신음일 뿐 조금도 나아지지 않고 피가 마르는 시간의 연속이었다.

'아~, 이래서 못하는구나!'
'아~, 이래서 안 되는구나!'

설령 이 사실을 확인하기 위해 거기까지 온 것이라 해도 내겐 의미가 있는 일이라고 생각했다. 주위 사람들이 말하는 '불가능'과 내가 직접 경험해서 아는 '불가능'은 전혀 다른 것이기 때문이다. 설령 포기를 하더라도 나는 내가 직접 그 '불가능'을 경험한 후에 후회하고 싶었다.

'이제 포기해야 하는 건가?'
'아니, 조금만 더 해 보자.'

1년이 지나도 실력이 늘지 않으니 낙심하는 마음으로 포기했다가 다시 하기를 수없이 반복했다. 밤마다 '아, 그럼 이제는 포기해야 하는 건가?' 싶다가도 다음 날 아침에 눈을 뜨면 '그래도 내가 1년을 했잖아. 마지막으로 1년 만 더 해 보자. 아니 반년 만 더 해 보자.' 이렇게 선택과 포기를 수도 없이 고민하는 마음으로 하루하루 시간을 버텨 갔다.

사실 장애를 가진 뒤 첫 번째로 가져 본 꿈이어서 포기하는 것 자체가 더 어렵고 두려웠다. 그대로 포기해 버린다면 결국 아무것도 못하는 사람으로 쓸모없는 인생을 살게 될까 봐 두려운 마음이 들었다.

어쩌면 실패보다 포기가 내게는 더 두려웠다. 그래서 할 수 있는 데까지 도전해 보기로 더더욱 마음을 다잡았다.

첫 꿈의 한 걸음을 함께해 준 선생님은 기약 없는 사투 속에서도 단 한 절을 부르기까지 변함없이 나를 지지해 주었다.

드디어 그날이 오다

...

"노래는 잘되고 있니?"

나를 아는 사람들이 내게 안부를 전할 때마다 묻는 이 질문에 나는 언제나 말끝을 흐릴 수밖에 없었다.

잘되고 있다고 대답할 수 있으면 좋으련만 성과랄 것이 아무것도 없는, 노래 한 곡 제대로 부르지 못하는 상황을 생각하면 나 자신이 초라하기 그지없었다.

"괜히 한다고 했나?"

정말 가능성 없는 일에 오기로 덤벼든 것은 아닐까 후회하는 마음이 들기도 했다.

허구한 날 '솔솔솔솔솔솔솔'이나 '미미미미미미미' 사이를 음정이랄 것도 없이 맴돌고 있는 내 노래에 맞춰 반주를 위해 자신의 시간을 내어 주는 반주자는 얼마나 고역일까.

날마다 아름다운 노래만 들으면서 반주할 텐데 연습 시간 내내 노래인지 신음인지 알 수 없는 소리만 듣고 있는 반주자의 입장을 생각하면 너무나 민망하고 미안했다.

고맙게도 반주자는 지루한 반주일지라도 나의 시간을 맞춰 주고 응원과 음악적 교류도 함께해 주며 포기하지 않도록 배려해 주었다.

그날도 '도레미파솔라시도'에 갇혀 있었다.

특히 가온 도에서 한 옥타브 높은 도는 소리가 제대로 나지 않아 고전하는 동시에 노래 한 곡을 계속 연습하는 중이었다. 한 호흡으로 노래를 불러야 하는데 근육의 신경이 없다 보니 매번 중간에 노래가 끊겨 버리고 마는 바람에 1년이 넘도록 나아가지 못하고 고전하고 있었다.

그런데 그날따라 그동안의 연습과 반주자와의 도움도 더해져 의지가 높은 상태의 느낌이었다. 어쩐지 노래가 잘될 것만 같아서 속으로 '오늘은 꼭 끝까지 부르자!'고 단단히 마음을 다짐했다.

'나는 수풀 우거진 청산에 살으리라~'

아니나 다를까. 보통 이 정도까지 하면 중간에 힘이 들어서 잠시 쉬었다가 노래를 다시 하곤 했는데 어쩐 일인지 노래가 계속 이어졌다.

'이 봄도 산허리엔 초록빛 물들었네. 세상 번뇌 시름 잊고 청산에서 살리라~'

노래가 자연스럽게 중반부를 넘어갔고 어느덧 마지막을 향해 흘러가고 있었다. 나는 떨리는 마음을 누르고 끝까지 노래에 집중했다.

'길고 긴 세월 동안 온갖 세상 변하였어도 청산은 의구하니 청산에 살으리라~'

드디어 노래가 마무리되었다. 노래를 끊지 않고 완곡한 첫 순간이었다. 나는 놀라서 아무런 말을 할 수가 없었다.

"브라보! 남현아, 잘했어!"

선생님은 정말 기쁜 나머지 벌떡 일어나서 큰 소리로 외치셨다. 반주자 역시 활짝 웃으며 박수를 쳐 주었다. 그동안의 내 피나는 노력에 하늘도 감복했는지 한 번도 끊기지 않고 노래를 다 부를 수 있는 그날이 내게도 마침내 왔다!
〈청산에 살리라〉, 한 곡만 부르자던 내 목표를 이룬 대망의 첫 노래였다.

'정말 내가 해 낸 건가?'

노래를 마친 벅찬 감격이 조금 진정되자 감정이 복받쳐 오르면서 눈동자가 붉어졌다. 수천수만 번의 실패를 거듭하며 이루어 낸 눈물겨운 성공이었다.

　가능성 0%의 기적! 드디어 그날이 왔다.
　내게 또 한 번의 기적이 일어났다.

도움받아도 괜찮아!

...

장애가 생기고 보니 하나에서부터 열까지 다른 사람들의 도움을 받아야 할 일이 많아졌다. 특히, 학교로 돌아갔을 때 다치기 전과는 너무나도 달라진 현실을 체감하지 않을 수 없었다. 건강한 몸으로 학교에 다닐 때는 전혀 몰랐는데 중증장애인 입장이 되고 보니 불편한 점이 그렇게 많은 줄 몰랐다.

역사가 오래된 학교이다 보니 장애인편의시설이 갖춰져 있지 않아서 이동할 때마다 선후배들의 도움을 받아야 했다. 강의실을 이동하기 위해 여러 명의 남학생들이 나를 들어 계단을 오르내려야 했고, 장애인 화장실도 없어서 화장실을 가야 할 땐 사람들이 없는 틈을 타서 들어가 화장실 문을 잠그고 사용해야 했다.

학생 중에 중증장애인은 나 혼자뿐이라 다들 나를 만나면 어떻게 대해야 하는지 무엇을 도와주어야 하는지 몰라서 당황하거나 우왕좌왕했다. 무언가 도와주고는 싶은데 방법을 몰라서 서로 눈치만 보는 경우도 많았다.

또 나는 나대로 다른 사람들의 도움을 받아야 하는 것이 매번 너무나 미안하고 부담스러웠다. 사고 후 근육량이 줄어들긴 했지만 한때 키 182센티미터에 몸무게 100킬로그램의 거구였던 나를, 거기다 휠체어 무게까지 더해진 나를 들고 이동한다는 것은 막노동이나 다름없는 일이었다. 그런 나를 힘들게 들고 내려 주는 선후배들이 너무 고맙고 한편으로는 미안해서 이런 말을 달고 살았다.

"정말 고마워. 그리고 미안해!"

여러 사람의 도움 덕분에 학교생활을 할 수 있었지만 마음은 언제나 불편했다.

'내가 다른 사람들에게 짐이 되는 건 아닐까?'
'내가 다른 사람들에게 너무 이기적인 건 아닐까?'

미안함과 자책감으로 마음이 몹시 무거웠다. 미안한 만큼 무엇이라도 해 주고 싶은 마음에 맛있는 밥이라도 한 끼 더 사 주고 싶었는데 그것조차도 나중엔 점점 불편해졌다. 휠체어가 들어갈 수 있는 식당이 거의 없어서 선후배들이 나랑 식당에 가려면 메뉴를 고르는 데 고민이 되는 게 아닌 휠체어가 들어갈 수 있는 식당을 알아봐야 하는 번거로움을 또 감수해야 하는 것이었다. 그래서 될 수 있으면 모든 일을 혼자서 해 보려고 애쓰고 노력했다.

이런 내 모습이 딱해 보였는지 어느 날 부모님이 말씀하셨다.

"남현아, 남들에게 미안한 마음도 알고 혼자서 해 보려는 마음도 참 기특하구나. 하지만 혼자서 모든 일을 할 수가 없고 그렇게 할 필요도 없단다. 지나치게 미안해하거나 부담스러워하지 말고 감사하는 마음으로 사람들의 도움을 받고, 너도 언젠가는 도움을 줄 수 있는 사람이 되었으면 좋겠구나."

나는 부모님의 말씀을 듣고 크게 깨달았다. 어차피 사람은 혼자서 살 수 없는 존재가 아닌가. 특히 나는 누군가의 도움을 받지 못하면 이동하거나 음식을 먹거나 일어나 앉을 수도 없으니 누군가의 도움은 불가피한 것이다. 이런 상황을 불편해하기보다는 도움이 필요한 순간 적절한 도움을 주는 사람들에게 진심으로 감사하고, 나는 내가 할 수 있는 일로 그들을 다시 도우면 되는 것이다.

사고 전, 육체적으로 장애가 없었을 때는 누군가에게 도움을 받을 만한 일이 거의 없었다. 오히려 열심히 남을 도와주는 쪽이었다. 그런데 당시 나는 도움받는 사람의 입장을 별로 고려하지 못했던 것 같다. 이제 내가 누군가에게 꼭 도움을 받아야 할 처지가 되고 보니 도움받는 사람의 입장이 어떤지 잘 알게 되었다. 남을 돕고 사랑을 베푸는 것이 얼마나 소중한 것인지를 깨닫게 되었다.

신체적인 능력이나 경제적인 힘이 있어야만 남을 도울 수 있는 것은 아니다. 누군가를 향해 짓는 작은 미소 하나, 신심 어린 응원의 박수, 마음을 담아 전하는 따뜻한 말 한 마디… 이런 것들로 우리는 서로를 도울 수 있다. 이런 것들이야말로 사소하지만 어쩌면 더 삶에 의미를 더하는 도움인지도 모른다.

나는 누구보다 환한 미소를 지을 수 있고 누구보다 따뜻한 말을 건넬 수 있지 않은가. 그런 의미에서 나는 누군가에게 도움을 받기만 하는 무능력한 사람이 아니라 나만의 방식으로 다른 도움을 줄 수 있는 사람이 된 것이다.

거구인 내 휠체어를 들고 수많은 계단을 오르내렸던 많은 학우들, 2년 동안 조금도 나아가지 못하고 노래 한 곡만 붙들고 고군분투했던 내 옆에서 끝까지 응원을 멈추지 않고 기다려 주신 선생님, 그리고 바쁜 자신의 시간을 나눠 기막힌 내 소리를 끝까지 참아내며 언제든 연습이 가능하도록 나의 반주를 맡아 주었던 학생들, 수강신청부터 필요한 요청들을 가능하게 해 준 조교 선생님, 이 모든 이들의 조용한 도움 덕분에 나는 내 꿈을 향한 첫 번째 산을 무사히 넘을 수 있었다.

나만의 발성법을 찾기까지

...

다시 노래할 수 있기까지 정말 뼈아픈 단련의 시간이 필요했다. 천일 연습을 '단' 만 일의 연습을 '련', 그래서 단련이라 한다던가. 2년이란 시간 동안 그야말로 수천수만 번 실패하며 나만의 발성법을 찾았다.

내가 들어도 기괴하기 짝이 없는 괴성을 내가며 2년 동안이나 단련해도 조금도 나아지지 않아서 절망스러웠다. 그래서 2년은 육체의 고통 말고 또 다른 고통의 시간이기도 했다.

나처럼 전신마비로 복식호흡이 되지 않는 장애인은 어떻게 발성을 하는지 선례가 없어서 주로 일반 성악가의 기준에서 발성법을 찾았는데 그래서 더더욱 나와는 맞지 않았다. 덕분에 2년이란 시간을 제자리걸음해야 했다.

복식으로 소리를 낼 수 없으니 처음에는 벨트로 배가 계속 눌러지도록 조여서 소리를 내보기도 하고 옆 사람에게 내 배를 눌러 주도록 해서 소리를 내 보기도 하고 복식으로 소리를 내기 위해 다양한

경희대학교 대학원 박사학위 수여식에서

방법으로 노력을 했다.

그러나 옆에서 사람이 배를 눌러 주는 건 내 타이밍과 옆 사람의 타이밍이 맞지 않아서 낭패가 많았다. 벨트 역시도 도움이 되기보다 거추장스러운 경우가 더 많았다.

마침내 그동안의 과정을 통해 나만의 발성으로 내 목소리를 찾게 된 이후에는 거추장스런 벨트도 빼 버리고 다른 사람의 도움 없이 혼자만의 발성을 할 수 있게 되었다.

누군가 만들어 놓은 길을 따라갈 수 있었다면 좀 쉽게 원하는 목적지에 이르렀을 것이다. 그러나 나는 누구도 가지 않은 길을 가야 했던 탓에 긴 시간 많이 힘겨웠고 많은 시행착오를 겪었다.

나와 같은 장애를 가진 사람들 중에 나처럼 노래를 하고 싶은 사람이 분명 있을 것이다. 그런 사람들에게 나는 내가 헤매며 찾아낸 나만의 발성법으로 길을 안내해 줄 수 있을 것이다.

그렇게 내가 찾은 방법을 다른 사람들과도 나누기 위해서 더 공부가 필요했다. 내가 피나는 노력으로 터득한 방법이지만 그것에 따른 자격을 갖추지 않으면 누가 내 말에 신뢰를 갖고 나한테 배우려고 하겠는가.

그래서 그런 자격을 갖추기 위해서 그리고 더 많은 기회를 얻기 위해서 대학을 마치고 대학원에도 진학했다. 그리고 석사를 지나 2019년엔 공연예술학 예술경영 박사학위를 수여받았다.

내 인생의 첫 무대

...

처음으로 노래 한 곡을 끝까지 다 부를 수 있게 되어 겨우 자신감이 살아날 무렵이었다.

어느 날 외부 합창단의 지휘자 선생님이 나를 찾아오셨다. 그 선생님이 지휘하는 합창단 공연을 본 적이 있는데 내 이야기를 전해 듣고 그 선생님은 내게 뜻밖의 제의를 하셨다.

"남현아, 너도 무대에 한 번 서 보는 게 어떻겠니?"

순간 나는 당황했다. 이제 겨우 노래 한 곡 부르는 정도인데 무대라니 정말 말도 안 되는 제안이라고 생각했다. 그래서 단 1초의 고민도 없이 단호히 거절의 의사를 밝혔다.

하지만 선생님은 단번에 결정하지 말고 천천히 시간을 갖고 생각해 보라시며 내게 긴 고민거리를 남겨 두고 자리를 떠나셨다.

선생님은 이후 이틀에 한 번꼴로 내게 찾아오시거나 전화를 걸어 무대에 서기를 권유하셨다. 그때마다 나는 매번 거절을 했다. 고작 노래 한 곡 완곡한 실력으로 자신도 없을 뿐더러 애써 청해 주신 선생님에게 괜히 누를 끼치게 될까 봐 도저히 그 청을 받아들일 수가 없었다.

하지만 선생님은 수개월 동안이나 한결같이 나를 끈질기게 설득하셨고 그 정성에 나도 그만 서서히 마음이 열리기 시작했다.

얼마 후 선생님이 내게 내미신 공연 포스터 안에는 내 이름과 사진이 실려 있었다. 포스터에 있는 내 얼굴과 이름을 보니 설레기도 하고 두렵기도 하고 만감이 교차하는 기분이 들었다. 내가 아무런 말도 하지 않고 포스터만 바라보고 있으니까 선생님이 내 어깨를 두드려 주시며 말씀하셨다.

"남현아, 노래를 하다가 혹시 힘들면 신호를 보내 줘. 그리고 넌 혼자가 아니야. 뒤에 합창단이 있으니까 당당하게 네가 할 수 있는 만큼만 보여 주면 돼. 나머지는 우리가 할게. 우리 모두가 함께하는 거다, 알겠지?"

'너 혼자가 아니라 우리가 함께한다.'는 선생님의 말씀이 더없이 큰 용기가 되었다.

공연 소식을 들은 부모님과 지인들도 모두 진심으로 기뻐하며 나

를 격려해 주셨다.

　어느덧 공연 당일이 밝아 왔다.
　나는 무대 입구에서 떨리는 마음으로 내 순서를 기다렸다. 긴장으
로 입안이 바짝바짝 마르는 기분이었다.
　리허설을 하는 동안 고도의 긴장과 떨림으로 호흡은 불규칙하
고, 목소리는 더 작아지고, 눈빛마저 불안해서 주어진 시간의 리허
설을 제대로 해내지 못하고 무의미하게 흘려 버려서 더욱 긴장이
되었다.

　드디어 공연의 막이 올랐다. 이윽고 조명이 켜지고 내 순서가 되자
선생님이 내 휠체어를 밀어 주셨고 나는 사람들의 박수를 받으며
무대 중앙으로 나아갔다.
　심장 뛰는 소리가 내 귀에 들릴 정도였다. 내 몸속에서 쿵쾅거리는
소리와 박수 소리로 정신을 차릴 수 없었다. 긴장감 때문인지 스포
트라이트 때문인지 온통 눈앞이 하얗게만 느껴졌다.
　어느 정도 숨을 고른 후 나는 시작 신호를 보냈다. 작은 숨소리
조차 들리지 않을 만큼 고요한 가운데 서서히 반주가 흘러나왔다.
그리고 마이크를 통해 내 목소리가 서서히 울려 퍼졌다.
　호흡이나 음정이 생각보다 괜찮았다. 최선을 다해 내가 맡은 솔
로 부분을 무사히 소화해 냈다. 짧지만 아주 긴 순간 같았다.
　이윽고 합창단의 웅장한 소리가 공연장을 가득 채웠다.

드디어 끝을 향해 가던 노래가 끝나고 지휘자가 동작을 멈추자 아주 잠깐 적막이 흐르는가 싶더니 우레와 같은 박수 소리가 터져 나왔다. 열렬한 함성도 들려왔다.

 나는 주체할 수 없이 가슴이 벅차올랐다.

 두려워서 피하고 싶었지만 나의 선택과 결정으로 결국 내게 큰 감동을 안겨 주었던 무대, 내 인생의 첫 무대였다.

꿈에는 장애가 없다

...

노래를 시작했을 때에는 한 절만이라도 끝까지 제대로 부르는 게 꿈이었다. 모두가 불가능하다고 했던 일이었다. 그런데 나는 그 꿈을 이루어 냈다.

한 곡의 바람을 이루고 나니 그다음에는 사람들 앞에서 노래하고 싶다는 꿈이 생겼다. 하지만 이런 마음을 누구에게도 털어놓을 수 없었다. 나의 실력을 누구보다 잘 알고 있었고 또 장애라는 한계를 잘 알고 있었기 때문이다.

그래도 포기하지 않고 계속 기도하는 마음으로 최선을 다해 노력을 멈추지 않았더니 그 꿈은 차근차근 현실이 되어 눈앞에 나타나기 시작했다.

감격스러운 첫 번째 무대 이후, 무대에 설 기회가 점점 늘어난 것이다. 학교의 시험 무대를 시작으로 정기 공연과 외부 공연을 다니게 되었다. 그다음에는 더 큰 무대에 서기를 바랐더니 전국장애인체육대회의 공식 행사에도 초청되는 놀라운 일이 일어났다.

바리톤 김동규 선생님과 함께

이제는 혼자가 아니라 무대를 꽉 채운 합창단들과 공연을 해 보고 싶다는 꿈을 가졌더니 유명한 시립합창단과 함께 무대에 오르게 되었다. 합창단의 아름다운 하모니는 나의 목소리를 더 빛내 주었고 나는 박수갈채를 받으며 공연을 마무리했다. 공연이 끝나고 나서도 오랫동안 흥분을 가라앉히지 못했다.

다음 단계의 꿈은 유명한 성악가와 듀엣을 해 보고 싶다는 꿈을 꾸었다. 솔직히 이 일은 오래 걸릴 것 같았다. 아니 불가능할지 모른다고 생각을 했었다.

하지만 생각보다 빨리 그 기회가 찾아왔다. 국내외에서 활발하게 활동하고 계시는 바리톤 김동규 선생님과 함께 공연을 하게 된 것이다.

선생님과 함께 불렀던 노래는 가을의 대표적 곡인 〈시월의 어느 멋진 날에〉였다. 혼자서 불러 보긴 했지만 이 세계적인 분과 이중창이라니 아무리 생각해도 꿈같은 일이었다.

김동규 선생님은 처음 만났음에도 호탕하시고 열정적인 모습에 친근감이 들었고 무대에서 직접 세심히 챙겨 주시고 모니터해 주시며 무대에서 내가 최고의 기량을 펼치도록 이끌어 주셨다.

유명한 성악가와 듀엣을 한 뒤에 큰 규모의 오케스트라 반주에 맞추어 노래를 하고 싶다는 꿈을 꾸었는데 이 또한 이루어졌다. 그것도 세계적인 지휘자 금난새 선생님이 지휘하는 유라시안 필하모닉 오케스트라와 협연을 하게 된 것이다. 나는 놀라서 입이 다물어지지 않았다.

지휘자 금난새 선생님과 함께

'금난새 선생님을 바로 앞에서 뵙는 것도 영광인데, 그분의 지휘에 맞춰 노래를 할 수 있게 되다니!'

꿈인지 생시인지 구분이 안 될 정도였다.

공연이 열리는 날, 리허설 전에 금난새 선생님의 대기실로 찾아가 잠시 인사를 드렸는데 선생님은 활짝 웃는 얼굴로 내 손을 잡아 주셨다. 뵙기 전에는 엄하시지 않을까 걱정했었는데 굉장히 부드럽고 인자하신 분이었다.

"오늘 정말 잘했어요. 이남현 씨 안에 누구도 갖지 못한 것이 있네요. 앞으로도 지금처럼 노래하시기 바래요. 그리고 이남현 씨의 노래를 통해서 사람들이 큰 용기를 얻게 되길 바랍니다."

선생님은 공연이 끝난 후에도 내게 다가오셔서 진심으로 나를 격려해 주셨다. 부드러운 카리스마를 가진 세계적인 지휘자와 함께했던 그 행복한 순간을 나는 평생 잊지 못할 것이다.

'노래 한 곡만 부르자!'던 내 꿈은 그 이후로 장르를 넘나들며 유명한 뮤지컬 배우, 가수 등과 함께 2,000여 회의 공연으로 이어지며 확대되었다.

크든 작든 어떤 무대를 막론하고 모든 무대를 '한 번의 실수가 내 마지막 무대가 될 수 있다!'는 생각으로 고도의 긴장감을 가지고 임

유라시안 필하모닉 오케스트라 협연(지휘 금난새)

KBS교향악단 협연

UN본부 초청공연

한다. 그래서 내게는 그 어떤 무대든 크기와 규모를 막론하고 소중하지 않은 무대가 없다.

KBS교향악단이나 금난새 지휘자님과의 무대, 카네기홀 초청공연 등은 내가 감히 꿈꿔 보지도 못했던 꿈의 무대였다. 특히 유엔본부에서의 초청공연은 내가 장애를 가지지 않았다면 과연 그곳에 갈 수 있었을까 하는 생각에 더욱 의미 있게 느껴지는 공연이기도 했다.

수십 년, 어쩌면 평생 이루어지지 않을 줄 알았던 일들이 불과 10년 안에 해마다 이루어지고 만들어지는 것을 경험하면서 이 또한 기적이라는 생각을 하지 않을 수 없었다. 내가 살아 있는 것만으로도 기적인데 목표했던 것들이 그렇게 빠르게 이루어지다니. 정말 놀라운 기적이 아닐 수 없다.

사람들은 내 장애 때문에 내 꿈이 불가능하다고 했지만 어쩌면 그 장애가 내 꿈을 이루는 가장 큰 원동력이었는지도 모른다.

그러니 장애 때문에 꿈을 꿀 수 없다고 말하지 말자.

"몸에는 장애가 있어도! 꿈에는 장애가 없다!"

나 자신이 그 증거가 될 수 있어서 지나온 모든 시간이 감사하다.

최초의 길을 가다

...

　최초라는 수식어는 큰 무게감이 느껴지는 말이다. 최초는 '맨 처음'이란 의미로 첫 번째, 1등을 나타내기도 한다.

　나에게 최초로 국가가 인정한 1등이 있다. 국가가 인정한 1등이라니 이 정도면 부러움을 살 만하다. 하지만 사람들은 나를 닮고 싶어 하지 않는다. 나를 부러워하지도 않는다. 왜 그럴까? 내가 가진 국가가 인정한 1등은 바로 장애인 1급, 즉 장애인 1등이기 때문이다.
　1등은 좋은 대우를 받는다. 하지만 나는 그렇지 않다. 대부분의 1등은 피나는 노력의 결과로 경쟁에서 승리하여 힘들게 얻은 것이다. 하지만 나는 어떤 노력도, 경쟁도 하지 않고 얻었다. 그리고 높은 등수를 받았지만 다른 사람들처럼 감격스럽지 않다.

　우리나라의 장애인 인구는 전체 인구의 약 5%에 해당한다. 등록이 안 된 사람들까지 포함하면 수치가 더 늘어날 것이고, 무엇보다

매년 증가 추세에 있다. 그런데 그중 열에 아홉은 후천적인 장애인이다. 사고나 질병으로 원치 않는 장애를 얻게 된 것이다.

1등 장애인으로서 꿈이었던 노래를 부르기 위해 누구도 불가능하다고 가지 않는 길, 미지의 길을 가기로 마음먹었을 때 내겐 '최초 장애인'의 삶이 시작되었다.

목이 부러지고 신경이 끊어져 어깨 아래로 모든 신경이 마비된 중증장애인인 내가 최초의 중증장애인 성악가로 활동을 한 것이다.

사고 후 대학교 과정을 모두 마치고 졸업식 하던 날 '음악과 석사 최초의 장애인 학생'이란 타이틀이 붙여졌다. 놀라웠다, 그동안 단한 명도 나 같은 학생이 없었다는 사실이. 그렇게 대학 생활을 마치며 최초의 장애인 졸업생이 되었다.

아직도 모교에서 교수님은 나보다 한참 나이 어린 후배들에게 내이야기를 들려주시며 식어 버린 열정에 불을 지피도록 북돋우신다고 한다. 영광스럽게도 내가 후배들에게 좋은 영향력을 끼치는 선배라는 것이다.

좀 더 성장하고 도약하기 위해 대학을 졸업하자마자 대학원에 바로 입학했다. 음악에 대한 전문성과 스펙트럼을 좀 더 넓히고 싶었기 때문이다. 최초의 중증장애인 성악가로서 무대 위에서 실연자로서도 활동하지만 무대 아래에서 서포트 역할로서의 전문성도 필요하기에 실연자에서 기획자로서의 자격을 갖추기 위함이었다.

대학원 과정에서는 공연예술학 예술경영을 선택했고, 공연 활동과 학문을 병행하는 것이 걸고 쉽지만은 않았시반 내가 가진 열정과 힘을 다하여 전념하였다.

학기가 진행되는 동안에는 장애를 가졌다고 해서 특혜를 바라지 않았고 모든 학우들과 동등하게 학업 과정에 임했다.

대학원을 다니면서 원우회장에도 출마해 당선되었고 원우회장으로도 마지막 1년을 더욱 열정적으로 보냈다. 활동이 자유롭지 않았지만 부회장의 도움으로 임기를 무사히 마치고 졸업하여 박사학위도 받았다.

대학원 원우회장도 역시 '최초의 장애인'으로 회장직을 맡았고 '최초의 장애인' 박사로 학위를 취득하며 매 순간 최초의 길을 피하지 않고 길을 만들어 갔다.

나 역시 원하지 않았던 후천적 장애를 얻었다. 하지만 매 순간 두려움과 걱정으로 현실을 외면하지 않으려고 노력한다.

스스로 나의 가능성을 제한하지 않고, 내 꿈과 목표를 향해 지금도 아무도 가지 않은 최초의 길을 망설임 없이 나아가고 있다.

내가 노래하는 이유

...

나는 음악을 하게 되면 딱 한 곡만 할 것이고 그 한 곡은 병원에서 환자들을 위해서 할 것이라는 목표로 음악을 시작했다. 어떠한 순간에도 나는 그 첫 다짐을 잊지 않으려고 노력한다.

내가 노래하는 이유는 내가 빛나기 위해서도 아니고 유명해지기 위해서도 아니다. 내 노래가 필요한 사람들에게 찾아가서 그들과 함께 내 노래를 즐길 수 있고 노래에 희망의 메시지를 전할 수 있다면, 나는 그것으로 충분히 행복하다.

크고 작은 무대에 서고, 다양한 행사에 초청되어 노래를 하지만 그중에서 내가 가장 보람을 느끼는 공연은 내 꿈의 첫 시작점인 병원에서 하는 공연이다. 나부터도 오랜 병원 생활을 했던 터라 친숙한 공간이거니와 환자들을 보면 어린아이들부터 연세가 지긋한 어르신들까지 내 가족처럼 느껴지기 때문이다.

병원에서 아픈 환자들이 음악을 들으며 고통을 잊고 잠시나마 밝은 표정을 짓는 모습을 보면서 '세상에서 가장 좋은 약은 음악'이라

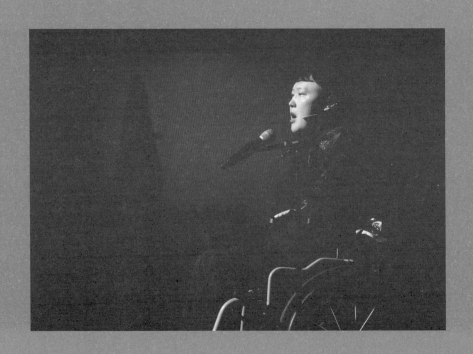

는 생각이 들어 음악을 해야겠다고 결심했었다. 그만큼 병원은 내게 특별한 무대이다.

그래서인지 병원에서 가진 나의 첫 무대도 내겐 아주 특별한 기억으로 남아 있다.

설레는 병원 공연이 있던 어느 날이었다. 공연 시간이 다가오자 환자들이 한두 명씩 강당으로 모이기 시작했다. 그런데 그중 몇몇 사람들은 들어왔다가 나가기를 반복하며 이렇게 투덜거렸다.

"공연이라고 하기에 가수들이 오는 줄 알았더니 고작 장애인이 하는 공연이야?"
"볼 거 없어! 그냥 가서 쉬자."

그런 말들이 들렸지만 나는 짐짓 모른 척하며 그들에게 밝은 얼굴로 다가가 인사를 건넸다.

"안녕하세요. 반갑습니다."

내 인사에도 아랑곳없이 불만 가득한 얼굴로 서 있는 그들에게 나는 계속 말을 걸었다. 그들은 아마도 내가 출연진인지 모르는 것 같았다.

"오늘 볼 거 있어요. 장애인이 하는 공연은 쉽게 보기 어렵거든요. 이런 기회가 별로 없을 겁니다."

내가 활짝 웃으며 얘기했지만 그들은 여전히 못마땅하다는 표정으로 내 얼굴을 외면해 버렸다. 그러더니 강당 문 앞에서 계속 이렇게 떠들어 댔다.

"장애인이 하는 공연이래. 별로 볼 거 없어!"

기쁜 마음으로 들어선 곳이라 순간 나도 서운했지만 긴 병원 생활로 인해 여유가 없을 그들의 마음도 충분히 이해가 되었다. 거기서 내가 강한 어조로 말해 버리면 내가 공연을 하러 온 의미가 무색해져 버릴 테니 웃는 얼굴 뒤로 속상한 얼굴은 애써 감추었다.

그 사이 병원 구내 방송으로 강당에서의 공연을 계속 알렸지만 사람들의 반응은 여전히 싸늘했다.

공연 시간이 다 되어 화장실에서 턱시도를 갈아입고 강당으로 갔다. 턱시도를 갈아입은 내 모습에 당황했는지 아까 볼 거 없다고 떠들던 사람들이 놀란 눈으로 다가와서 물었다.

"아까 그 사람이네. 뭐 하시는 분이에요?"
"아, 네. 오늘 제가 공연을 하거든요. 조금만 있다가 나가셔도 되니까 일단 들어오세요."

호기심이었는지 내가 공연자인 줄도 모르고 투덜댔던 것이 미안해서였는지 그 사람들도 나를 따라 강당으로 들어왔다.

시간이 지나자 어느 정도 사람들이 모였다. 아이부터 노인까지 환자와 보호자 등 다양한 사람들이 객석에 앉아 무대를 바라보고 있었다.

이윽고 무대에서 내 노래가 시작되자 웅성웅성하던 사람들의 소리가 한순간에 멈췄다. 모두 숨을 죽이고 내게 집중했다. 한 곡 한 곡이 끝날 때마다 사람들의 박수갈채가 이어졌다.

공연을 모두 마치자 환자들이 내게 다가와 손을 내밀었다. 어떤 사람들은 눈물을 흘리기도 했다. 또 어떤 사람들은 대단하다며 엄지손가락을 추켜세웠다. 볼 거 없다면서 다른 사람에게 불평하던 그 사람들도 내게 다가왔다. 나는 활짝 웃으며 말했다.

"오늘 볼 게 없던가요?"
"아니에요. 정말 잘 봤어요. 대단합니다."

그리고 이날 많은 환자들이 내게 와서 이렇게 말해 주었다.

"당신을 통해서 나의 부정적인 모습을 내려놓고 새롭게 시작할 용기를 얻었어요."

그래, 이것이다! 내가 노래하는 이유. 내 노래를 통해서 다시 시작

할 용기를 얻는다는데, 아픔 속에서도 새로운 희망을 얻는다는데 나를 통해 단 한 사람의 삶이라도 멋지게 달라질 수 있다면 어떻게 내가 노래하지 않을 수가 있겠는가.

시간이 정지된 것 같은 병원 생활을 하면서 나는 종종 오 헨리의 〈마지막 잎새〉를 떠올리곤 했었다. 비바람 속에서도 떨어지지 않는 '마지막 잎새'처럼, 그리고 어린 소녀를 위해 그것을 그린 늙은 화가처럼 다른 사람들에게 희망을 전하는 일을 하고 싶다는 작은 희망을 품었었다.

나는 늘 노래할 때마다 '마지막 잎새'를 그린 늙은 화가의 마음을 새롭게 떠올리곤 한다. 그 마음이 더 멀리, 더 많이 아프고 절망하는 사람들에게 전해지기를 기도하는 마음으로 나는 오늘도 노래한다.

어디든 달려가기 위하여

...

"선생님을 TV에서 보고 정말 감동받았습니다. 우리 지역에도 한 번 오셔서 노래도 해 주시고 좋은 메시지도 전해 주시면 안 될까요?"

어느 날 먼 시골 지역에서 어떤 분이 내게 연락을 해 오셨다.

그런데 초대해 주신 것은 너무 감사했지만 장소가 공교롭게도 KTX도 없고 열차도 없는 지역이었다. 택시를 이용하거나 버스를 여러 번 갈아타고 가는 방법밖에는 갈 방법이 없는데 내가 휠체어를 타고 이용할 수 있는 버스가 없고 택시비도 부담되어 당시로는 도저히 갈 방법이 전혀 없었다. 그래서 어쩔 수 없이 죄송한 마음으로 정중히 거절을 해야만 했다.

"선생님, 올해는 어떠세요? 올해는 오실 수 있겠어요?"

그런데 해마다 거절하고 사과를 드려도 매번 같은 시기가 되면 그분은 이렇게 전화를 주시는 것이었다. 1, 2년 그러고 말면 '아으, 지가 얼마나 잘나서!' 그렇게 생각하고 말겠구나 했는데 해가 거듭 지나도 계속 연락이 오니 '이건 정말 진심이구나. 저긴 무조건 가야 되는 곳이겠구나!' 하는 생각이 들었다.

국내에서조차 이렇게 제약이 많아서 내 노래가 필요한 사람들인데도 찾아가 만나지 못한다면 어떻게 해외인들 갈 수 있겠나 하는 생각도 들었다. 내 노래가 필요한 더 많은 곳에 가서 더 많은 사람을 만나야겠다는 마음에 그때 운전을 하기로 결심하게 되었다.

다행히 다치기 전에 운전을 했었기 때문에 다시 운전을 하는 것은 그렇게 어렵지 않을 거라 생각했다.

그런데 새로운 운전법과 장치들의 사용법이 그리 간단하지가 않았다. 너무 위험하고 불안하다는 주위의 걱정에도 불구하고 노래를 대하는 초심처럼 조심스럽게 느리게 천천히 적응하고 연습을 하였다.

이후, 새로이 면허를 발급받고 도로 연수를 마친 끝에 내가 직접 운전할 수 있게 되었다.

어깨 아래로는 스스로 움직일 수 없는 중증장애를 가진 내가 운전하는 의외의 모습을 보면 사람들은 처음에 많이 놀라기도 한다. 겨우 3분의 1 정도 남아 있는 어깨 기능으로 운전을 하는 내 모습이 대단해 보이기도 하고 위험해 보이기도 한가 보다.

그러나 손발을 움직이지 못하는 내 장애 특성에 맞게 특수 설비를 갖춘 차량으로 나는 내가 직접 운전하는 차를 가지고 전국 어디든 부르면 갈 수 있는 자유로움을 얻었다.

차를 운전할 수 있게 되니 그분이 다시 섭외 전화를 주셨을 때는 흔쾌히 초대에 응할 수 있었다. 직접 운전해서 초대해 주신 무대에 갔더니 기대한 이상으로 너무 좋아해 주셔서 나도 더할 나위 없는 보람을 느끼기도 했다.

내 노래가 필요한 곳이면 이젠 어디든 갈 수 있다. 그곳은 어쩌면 아파하는 사람들이 있는 곳, 희망이 끊긴 곳에서 힘겨워하는 사람들이 있는 곳일지도 모른다.

그러나 어둠이 번지는 바로 그런 곳에서 나는 내 노래가 희망의 빛으로, 위로와 기쁨으로 피어나는 것을 느낄 때 내가 살아 있음을 느낀다.

어디든 달려가기 위하여 내가 선택한 이 길, 노래하길 참 잘했다!

무대에서 잠들더라도

...

    무대의 크기나 환경, 청중들의 수에 따라 조금씩 다르지만 일단 무대에 서게 되면 무척 긴장하게 되고 떨린다. 나는 무대에 설 때마다 떨리는 가슴을 숨긴 채 진정시키며 꼭 청중들을 바라본다. 부족한 나를 지켜봐 주시는 분들에게 전하는 감사의 인사이자 나를 향한 다짐 같은 것이다. 청중들에게 보답하기 위해 이렇게 다짐한다.

    '오늘 노래하다 쓰러지는 한이 있더라도 관객들에게 오래도록 여운이 남는 노래를 하자!'

    그런데 정말 무대에서 노래하다 쓰러지는 일이 벌어지고야 말았다.
    그날도 평소와 다름없이 같은 마음으로 기도하고, 다짐한 뒤 공연을 시작했다. 그날 준비한 곡은 평소에 즐겨 부르던 곡이 아니라 새롭게 준비하고 도전하는 곡이었다. 연습을 하면서 그 곡을 소화하는 내가 무척 대견스러운 마음이 들기도 했다.

"준비되었죠? 시작합니다."

내가 반주자에게 신호를 보내자 전주가 흘러나오고 나는 차분하게 노래를 시작했다. 꼭 불러 보고 싶었던 곡이라 더욱 집중하여 소리를 냈다. 노래는 별 탈 없이 진행되어 어느덧 클라이맥스 부분까지 이르렀다.

그런데 갑자기 노랫소리가 뚝 끊겼다! 그때부터 내 목소리는 들리지 않은 채 피아노 반주만 계속되었다. 곡이 끝났으나 단 한 사람도 박수를 치지 않았다. 아니, 아무도 박수를 치지 못했다. 박수를 쳐야 하는지 어째야 하는지 모두들 영문을 모른 채 숨을 죽이고 무대만 바라보고 있었다.

반주자는 자리에서 일어나서 인사를 해야 하는지, 아니면 내게 달려와야 하는지 몰라서 안절부절 진땀을 흘리고 있었다.

그때 내 목소리가 다시 스피커에서 흘러나오기 시작했다. 반주자는 당황했지만 서둘러 다시 피아노를 치기 시작했다.

그렇게 내 노래는 중단되었던 부분부터 다시 시작되어 끝까지 잘 마무리되었다. 그때야 비로소 청중들은 마음놓고 박수와 환호를 보내 주었다. 나는 아무 일도 없었다는 듯 활짝 웃으며 반주자와 인사를 한 뒤에 무대에서 퇴장했다.

무대에서 나오자 부모님이 내게 황급히 달려오셨다.

"남현아, 괜찮니? 괜찮은 거야?"

나는 말할 힘이 없어 작은 목소리로 대답했다.

"네, 괜찮아요."

반주자 역시 무척 놀란 얼굴로 물었다.

"어떻게 된 거야? 갑자기 왜 그런 거야?"
"저 때문에 당황했죠? 죄송해요. 그래도 잘 맞춰 주셔서 고마워요.
별일 아니에요."

나는 안도의 숨을 쉬며 웃는 얼굴로 말했다.

대체 무슨 일이 벌어진 것일까?
사실 나는 그때 노래를 하다가 정신을 잃었다. 기절한 것이다. 전
신마취처럼 어느 순간 필름이 끊겨 버린 것 같은 꼭 그런 기분이었
다. 그 순간만큼은 내가 휠체어에 앉아 있다는 사실이 얼마나 다행
스럽게 여겨졌는지 모른다. 만약 서 있는 상태에서 그런 일을 당했다
면 아마 큰 사고로 이어졌을 것이다.
그렇게 잠시 기절했다가 눈을 떠보니 무대 아래의 사람들이 보였
다. 나는 순간 당황했지만 곧 상황을 깨닫고 내가 부르지 않은 부

분부터 다시 노래를 시작한 것이다.

　노래할 때 나는 몸의 모든 기능을 사용하지 못한다. 건강한 사람들에 비해 폐활량도 20~30% 정도로 매우 적다. 그런데 호흡을 조절해야 하는 성악을 하다 보니 노래를 하는 동안 체내 산소량이 부족해졌고 이로 인한 저혈압으로 혼절한 것이다. 처음에 내가 노래를 한다고 했을 때 의사 선생님이 걱정했던 요인 중 한 가지도 그런 것이었는데 그런 일이 실제로 발생하고야 말았다.

　지금도 노래하다 보면 그런 증상이 종종 나타난다. 그때마다 솔직히 두렵다.

　하지만 그렇다고 해서 노래를 멈출 수는 없다. 무대 위의 내 모습이 어느 한 사람의 인생에 터닝포인트가 될 수 있다면 나는 설령 무대에서 잠들더라도 행복할 것이다.

바퀴 달린 성악가

...

"자, 다음은 장애인 성악가 이남현 씨를 모시겠습니다!"

감사하게도 성악가로 이름이 알려지면서 찾아 주는 곳이 늘어나고 무대에 오를 기회가 많아졌다. 무대에 오를 때마다 사람들은 대부분 나를 '장애인 성악가'라고 소개하는 경우가 많았다. 혹은 '휠체어 성악가'라고도 불렀다.

그런데 '장애인 성악가', '휠체어 성악가'라는 수식어가 붙으면 사람들의 반응은 이상하게도 싸늘해지곤 했다.

'장애'에 대한 인식이 이제는 조금 나아졌지만 그 당시만 해도 '장애인'이 무대에서 노래한다고 하면 편견부터 드러내는 경우가 많아서 싸늘하게 뒤로 물러서 앉거나 집중을 하지 않는 관객들도 다수 보였다. 오죽하면 '장애인 공연은 볼 거 없다!'고 공연장 입구에서부터 투덜거리는 사람들이 있었을까.

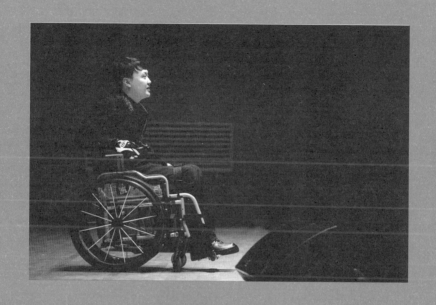

그래서 나는 내 이름 앞에 '장애인'이나 '휠체어'가 들어가는 수식어를 빼고 '바퀴 달린 성악가'라는 닉네임을 직접 지어 붙였다. 뭔가 친근하면서도 '장애'라는 직접적인 프레임을 벗어나는, 그러면서 내가 가진 특징이 직관적으로 잘 드러날 수 있는 그런 수식어가 뭐가 있을까 고민하다 생각해 낸 것이 바로 '바퀴 달린 성악가'였다.

휠체어를 타고 지나가는 나를 보면 천진난만한 아이들은 이렇게 소리치곤 한다.

"우와, 바퀴다!"

아이들의 눈이 참 정확한 것이 큰 거울 앞에서 나 자신을 쓱 훑어보니 나도 내 휠체어 바퀴가 가장 먼저 보였다. 내가 가진 모습에 대한 가장 직관적인 이미지는 바로 '바퀴'구나 하는 생각이 들었다.
게다가 '바퀴'는 나만 가진 것이 아니다. 어린아이 때부터 노인이 되기까지 우리는 굴러다니는 바퀴의 도움을 받게 된다. 굴러다니는 유모차, 자전거, 킥보드, 자동차 그리고 휠체어까지 바퀴를 사용하지 않는 사람은 없지 않은가.

그렇게 '우린 저마다의 바퀴를 달고 살아가고 있구나!' 생각하면 내가 휠체어 바퀴를 달고 사는 것 역시 그리 특별한 것이 아니다. 그저 다양한 사람들 속에 나도 바퀴를 단 내 모습으로 존재하는 것일

네니 소위 '유니버설'한 닉네임으로는 이만한 것이 없겠구나 싶었다. '바퀴 달린 성악가'라는 이름은 그렇게 탄생했다.

 '바퀴 달린 성악가'라고 소개를 하고 무대에 오르면 사람들의 눈빛도 '장애인 성악가'나 '휠체어 성악가'라고 소개할 때와 사뭇 다르다는 것이 느껴진다.
 '장애인 성악가'라고 할 땐 의자 뒤에 등을 기댄 채 심드렁한 표정으로 무대에 대충 눈길만 주고 있었다면 '바퀴 달린 성악가'라고 할 때는 관객들의 표정에 호기심이 어리는 것이 보인다.

 '바퀴 달린 성악가?
 왜 바퀴 달린 성악가라고 하지?'

이런 표정으로 의자 앞으로 몸을 당겨 자세를 고쳐 앉으며 무대에 오르는 내게 한껏 눈을 맞추는 관객들의 표정을 느낄 수 있다.
 이름 앞에 '장애인'이란 말을 빼고 굳이 '바퀴 달린'이란 수식어를 바꾸었다고 해서 결코 내 장애를 부정적으로 여겨서 의도적으로 기피하거나 외면하려는 것이 아니다. 오히려 나는 사람들이 '장애'라는 고정적인 이미지보다 더 다양하고 개방적인 이미지로 장애를 상상해 주기를 바란다.

 장애란 '한계가 있는', '무엇을 할 수 없는'이 아니라 상상 그 이상의 도전을 '다른 방법으로 하는' 것이란 사실을 '바퀴 달린' 의자에 앉아 노래하는 내 모습을 통해 많은 사람들이 알 수 있게 되면 좋겠다.

'나는 바퀴 달린 성악가다!'

나는 지금이 좋다

...

기독교방송의 〈새롭게 하소서〉란 프로그램에 출연한 계기로 많은 분들이 성원해 주셔서 내 이야기를 담은 책을 출간했다. 장애를 입고 내가 성악을 하기까지의 내 이야기를 직접 쓴 책으로 「나는 지금이 좋다」라는 제목의 책이었다.

"지금이 좋다구?"

건강하던 한 청년이 갑작스러운 사고로 혼자서는 아무것도 할 수 없는 중증장애를 갖게 된 채 살아가게 됐는데 지금이 좋다니 어떤 사람들은 의아해할지도 모르겠다. 아니, 어쩌면 화제의 주인공이 되려고 일부러 과장해서 지금이 좋은 척 연기하는 것이라고 속으로 비아냥거릴 수도 있다.

그러나 나는 정말로 지금이 좋다. 물론 다치기 전 건강한 청춘의

사고 전

사고 전

삶도 충분히 행복하고 좋았다. '지금이 좋다'는 말은 그때보다 지금이 더 좋다는 뜻이 아니다. 그때도 좋았지만 지금도 여전히 좋다는 말이다. 장애를 갖게 됐다고 해서 지금은 좋지 않을 것이라고, 행복하지 않을 것이라고 당연하게 여기는 것은 어쩌면 그것도 편견이거나 선입견이 아닐까.

뭔가 화려한 성과를 거두고 커다란 도전을 완수해 내야만 성공한 삶은 아니다. 도전이 꼭 거창해야만 할 필요는 없다고 생각한다. 일상의 작은 일도 내게는 도전이고 그것을 스스로 해냈을 때 커다란 성취감을 누릴 수 있다.

병상에 누워 지내며 그때서야 비로소 나는 알게 되었다.

휠체어에 앉아 있을 수 있는 것, 밥을 먹는 것, 목소리를 낼 수 있는 것 등등 이 사소한 일상의 것들 하나하나가 내게 얼마나 큰 도전이고 희열이 되는지를.

비록 큰 산은 아닐지라도 나의 일상엔 내가 넘어야 하는 수많은 언덕이 있다. 남들은 너무도 쉽게 넘어서는 그 소소한 언덕을 넘어서기 위해 나는 매 순간 노력해야 한다. 어렵지만 힘겹게 또 다른 방법과 또 다른 정보를 통해서 해냈을 때 느끼는 희열이란 이루 말할 수가 없다.

그래서 나는 매일매일 도전하는 지금이 너무나 좋다. 이전에는 이루고 싶었던 일들이 너무너무 많았지만 지금은 작은 것 한 가지만 이루어 내도 얼마나 감사가 되는지 모른다.

부모님과 더 친밀히게 지내서 좋고 두 눈으로 세상을 바라볼 수 있어 좋고 숨을 쉬며 향기를 맡아 좋고 아름다운 음악을 들을 수 있어서 좋고 무엇보다 모두가 불가능하다고 했던 노래를 할 수 있어서 정말 좋다.

노래를 하면서 그동안의 활동을 인정받아 2022년 올해의 장애인으로 선정되어 대통령상을 수상하고 대한민국장애인문화예술대상 국무총리 표창을 받고 대한민국 나눔봉사대상 등 많은 수상의 영예도 누렸다.

만약 내게 장애가 생기지 않았다면 작은 것 하나하나의 소중함을 발견하지 못했을 것이다. 보고, 듣고, 숨 쉬고, 말하는 기쁨을 누리지 못했을 것이다. 꿈꾸는 것의 소중함과 희망의 가치를 깨닫지 못했을 것이다.

그러니 나는 지금을 좋아하지 않을 이유가 없다. 그래서 나는 지금이 좋다.

나도 당신처럼 노래하고 싶어요

...

"나도 성악가님처럼 노래하고 싶어요!"
"나도 노래할 수 있어요?"

여러 무대에서 노래하다 보니 내 무대를 보고 나처럼 장애를 가진 사람들이 나처럼 노래하고 싶다고 연락을 주고 상담을 해 오는 사람들이 점점 많아지고 있다. 이 또한 큰 보람이 아닐 수 없다. 그러려고 내가 다들 불가능하다고 한 그 길을 꾸역꾸역 걸어온 것이 아닌가.

그런 몸 상태로는 이래서 노래할 수 없고 저래서 노래할 수 없고… 수없이 불가능의 이유를 늘어놓으며 포기를 강요하는 사람들 속에서 혼자서 꿈을 꾸기란 얼마나 외로운 일인지 나는 겪어 봐서 너무 잘 안다.

그런 사람들에게 안 되는 이유가 아니라 나만은 '되는 이유'를 말해 줄 수 있어서, 길을 알려 줄 수 있어서 얼마나 다행인가.

나는 비장애인으로노 살아 봤고 장애인으로도 살아 본 두 가지의 경험을 다 가지고 있다.

그래서 발성할 때 그 둘의 차이점과 공통점을 잘 알고 있기 때문에 학생을 지도할 때 편안한 장점이 있다.

아무리 내가 찾은 나만의 발성법이라 하더라도 장애인인 경우와 비장애인인 경우의 차이점과 공통점을 잘 모른다면 내가 원하는 만큼 충분히 전달하지 못하는 한계가 있었을지 모른다.

학위 말고, 어쩌면 장애는 아무나 가질 수 없는 또 다른 자격인 셈이다. 이 자격 덕분에 나처럼 노래하고 싶은 사람들에게 나는 더 자신감 있게 다가갈 수 있고 더 힘있게 노래할 수 있다.

더 멀리, 더 넓게

...

나는 노래로 소통하는 삶을 꿈꾼다.

여기서 말하는 '소통'은 말 그대로 '소리로 통한다'는 의미이다. 나는 내 노래로 사람과 사람을, 그리고 사람과 세상을 연결하고 서로 잘 통하도록 만드는 것이 내 가장 큰 바람이고 사명이라고 생각한다.

그래서 사람과 사람 사이가 사랑이라는 다리로 연결돼 있듯이 음악을 통해 희망을 연결하고 싶다는 마음으로 '희망다리'라는 이름의 음악회를 해마다 진행해 오고 있다.

또 내 음악이 누군가에게 힘이 되고 희망이 되는 선물이었으면 좋겠다는 의미에서 '선물'라는 음악 앨범도 발표했다. 내가 직접 작곡에도 참여하고 내가 병상에서 썼던 일기나 에세이들을 바탕으로 가사도 써서 작사가로도 참여했다. 내 이야기를 담은 노래가 누군가에게 도전과 희망, 때로는 위로와 용기의 선물이 되기를 바라는 마음으로 정성을 담은 음악 앨범이다.

그리고 앞으로 많은 국내 장애인분들이 참여하고 또 해외 장애인 음악인들과도 교류할 수 있는 국제장애인음악페스티벌도 만들어 보고 싶다. 페스티벌에 이어 국제장애인콩쿠르 같은 국제적인 행사도 만들어 음악으로 소통하는 축제의 장을 만들 수 있으면 좋겠다. 그러면 많은 사람들이 음악을 통해 더욱 다채로운 경험과 영감을 나눌 수 있게 되지 않을까. 가능하다면 음악으로 더 많은 가능성을 열어 가는 경험을 새롭게 해 볼 수 있으면 좋겠다. 그게 바로 내가 바라는 '소통'의 모습이기도 하다.

지금의 활동을 내가 언제까지 꾸준히 할 수 있을지 잘 모르겠다. 어느 날 갑자기 사고를 만나서 장애가 생긴 것처럼 또 어느 날 갑자기 몸 상태가 더 악화될 수도 있고 사람의 일이란 장담할 수 없기 때문이다.

물론 돌아보면 지금까지도 열심히 해 왔지만 내게 아직 남아 있는 시간, 할 수 있는 이 시간 동안 내 체력과 힘이 되는 한 더 많은 곳 더 넓은 곳에 가서 내 노래를 들려주고 싶다.

지금도 지진이나 전쟁이나 또 여러 가지 재난 상황 때문에 세계 곳곳에서 힘들고 어려운 시간을 보내고 있는 사람들이 많을 것이다. 내가 만약 그렇게 전쟁과 재난을 겪고 있는 곳이나 오지에 있는 학교에 마련된 공연장에서 노래를 할 수 있다면… 막연히 그런 꿈을 가져 본다.

오지에 학교를 지어서 그곳 아이들의 미래를 위해 교육을 지원하는 활동들이 많은 것으로 알고 있다. 그런 곳에 학교뿐만이 아니라 공연장도 생겨서 그곳 사람들이 그런 공연장이 갖춰진 곳에서 예술을 향유하고 누릴 수 있는 그런 여건들이 전 세계에 퍼졌으면 하는 바람을 가지고 있다. 이를 위해서 더 넓은 곳, 더 많은 곳으로 나아가서 연주자로 기획자로 활동할 수 있으면 좋겠다.

차마 꿈꿀 수 없는 현장에서, 희망이 깨져 버린 곳에서 내가 감히 위로의 노래를 불러 줄 수 있다면, 소망이 끊어진 그곳에 내 노래가 작은 빛이라도 될 수 있다면 그곳이 아무리 힘든 곳이라고 해도 나는 기꺼이 달려가고 싶다. 그것을 상상하는 일만으로도 설레고 감사한 일이 아닐 수 없다.

'자신감은 재능'이라고 얼마 전 타개한 일본의 세계적인 음악가 사카모토 류이치는 말한 바 있다. 그의 말에 나는 하나를 더 덧붙이고 싶다. 의지는 재능이라고. 내가 성악가로서 수많은 무대를 오른 것은 단지 노래를 잘하는 재능 때문만은 아니다. 불가능에 도전하는 '의지', 그 재능이 나를 여기까지 이끌었다.

그러나 그 재능은 아무 때나 실현되는 것이 아니었다. 마지막 한계에 다다르기 전까진 '의지'라는 재능은 좀처럼 발현되기가 어렵다. 절벽 끝으로 내몰린 새가 기어이 날개를 펼치듯이 나의 의지는 그렇게 드러났을 뿐이다.

나는 다만 '도전하지 않는' 쪽보다 '도전하는' 쪽을, '실패는 허용'하나 '포기하지 않는' 쪽을 꾸준히 선택해 왔을 뿐이다. 그러니 내

'의지'라는 재능 역시 특별한 것이 아닌 노력의 일환일지도 모르겠다.

나는 끝까지 포기하지 않고 나아가는 그 '의지'의 재능으로 앞으로 더 멀리, 더 넓게 날아가 볼 것이다.

막다른 골목에서 숨은 날개가 솟듯 내게 숨어 있는 그 어떤 것들이 또 어떻게 새로운 나를 만들지 기대하면서 말이다.

'나는 여전히 가능성 0%의 기적을 믿는다.'

더는 잃을 것이 없는 사람의 자유와 담대함으로 그동안의 내 삶이 그랬듯 앞으로의 날들도 새로운 기적의 날들로 채워질 것을 확신한다.

이남현

경희대학교 대학원 공연예술학 예술경영 박사
국립목포대학교 음악과 학사 및 석사
Italy Accademia di roma Diploma
Austria Wien Musik Meisterkurs Diplom

New York UN본부 신탁통치회의장 초청공연
New York Carnegie Hall World Choral 초청공연
Consulate General of Korea in New York 초청공연
Jakarta Intercultural School 초빙강의 및 공연
Austria Korea Kulturhaus Österreich 초청공연
Consulate General of Korea in Russia 초청공연
2018평창동계올림픽 엠블럼 선포식 공연
2018평창동계패럴림픽 OPENING CEREMONY 공연
2018평창동계문화올림픽 공연
국제장애인기능올림픽 축하공연
전국장애인체육대회 개회식 공연
경기도 장애인합창대회 축하공연
A+ Festival 공연
수원시립합창단 음악회 초청공연
경기도 열린음악회, 전라북도 정읍시 열린음악회 공연
전라남도 목포시민의 날 축하공연
신세계백화점 센텀시티 문화홀 문화공연
벨칸토 신인음악회 공연
자선기금마련 '아름다운 만남 & 동행'
기적을 노래하는 바퀴 달린 성악가 이남현 '희망다리 콘서트'(전국 투어)
미국 유럽 아시아 등 국내외 공연 활동
KBS Symphony Orchestra 및 New World Philharmonic Orchestra 외
국내외 유수 오케스트라와 다수 협연

포스코1%나눔재단 '만남이 예술이 되다' 참여

〈음반〉
기적을 노래하는 바퀴 달린 성악가 이남현 Vol.1
THE PRESENT 성악가 이남현 Vol.2
하나님의 선물(Digital Single)

〈저서〉
「나는 지금이 좋다」